LE RÈGNE

DE TROIS MOIS,

OU

LES DERNIÈRES FOLIES.

P. N. Rougeron, imprimeur de S. A. S. Madame la Duchesse
Douairière d'Orléans, rue de l'Hirondelle, N.° 22.

LE RÈGNE

DE TROIS MOIS,

OU

LES DERNIÈRES FOLIES.

J'ai vu l'impie adoré sur la terre !...
Je n'ai fait que passer ; il n'était déjà plus.

A PARIS,

Chez PELICIER, Libraire, Palais-Royal.

JUILLET 1815.

LE RÈGNE

DE TROIS MOIS,

OU

LES DERNIÈRES FOLIES.

Après vingt-six années d'erreurs, de calamités et de malheurs, le peuple français était donc encore destiné à subir de nouvelles épreuves? Le retour aux véritables principes de la monarchie, et dix mois d'un règne doux et paternel, avaient fait croire aux gens raisonnables que l'abîme des maux était comblé. Semblables à des voyageurs battus par une effroyable tempête, nous pensions avoir trouvé le port du salut; mais que nous fûmes cruellement trompés!... Un homme, un seul homme vivait encore, et le génie du mal veillait avec lui! il était le centre où se rattachaient toutes les perfidies; ne pouvant être heureux qu'au sein du bouleversement, il médite froidement les désordres que sa trahison fera naître; son œil contemple avec sérénité les victimes qui vont tomber, et cet holocauste est le seul tribut qui lui soit agréable. Il préfère, à une vie heureuse et paisible, les con-

A

vulsions de la crainte et les résultats d'un état qui n'offrait plus aucune chance en sa faveur. Exemple inexplicable d'audace et de lâcheté, la postérité aura peine à assigner la véritable place de cet homme extraordinaire. Héritier de la révolution, il en était un composé : il a rallié autour de lui toutes les passions, et en a formé un faisceau, qui pendant trop long-temps a fait sa force.

Nous allons essayer de soulever le voile dont il s'enveloppait, d'apprécier les circonstances qui l'ont placé sur un des plus beaux trônes de l'Europe, et de prouver à nos concitoyens, séduits par l'éclat d'une gloire que la raison désavouait, que ce colosse, aux pieds d'argile, devait s'écrouler plus rapidement que le vol de l'aigle. Il est difficile sans doute de ramener des esprits prévenus ; notre orgueil se révolte à l'idée d'avouer qu'on s'est trompé ; cependant il faudra tôt ou tard faire ce sacrifice à la tranquillité commune. N'est-il pas plus sage de chercher à discuter les causes de notre séduction ? Par là nous aurons ménagé notre amour-propre, et nous reviendrons plus franchement aux principes éternels de justice, sans lesquels il n'y a que troubles et confusion.

Je suis Français, et c'est à mes compatriotes que je parle. A défaut de talent, j'ai du zèle, j'ai

l'expérience de l'âge et peut-être celle de la réflexion. On ne m'a jamais vu dans les rangs des
novateurs ; les orages de la révolution ont passé
devant moi sans m'entraîner dans leurs tour-
billons ; je suis resté Français. Si j'entre ici dans
des détails qui sembleraient faire mon apolo-
gie, ce n'est point par orgueil, ma raison s'est
toujours préservée de ce délire de l'esprit humain, mais c'est pour inspirer la confiance à
mes concitoyens. Ce n'est point non plus par aucune vue d'intérêt que je publie ce petit ouvrage ; un succès, même imprévu, ne change-
rait rien à ma fortune. C'est donc par amour
pour mes compatriotes, par amour pour une
réconciliation durable entre les Français, que
je me suis décidé à rompre le silence. Ne
cherchez point dans cet ouvrage le brillant
de l'éloquence, je vais simplement discuter des
faits connus de tous ceux qui me liront ; j'en
tirerai seulement les conséquences qu'un esprit
de vertige nous empêchait d'apercevoir. Si je
parviens à amortir quelque haine, à rapprocher
des gens nés pour s'estimer, mon intention sera
remplie, et je me croirai assez payé de mon
entreprise.

La révolution du mois de mars 1815 n'est
pas l'ouvrage du moment, c'est la suite immé-
diate de vingt-cinq années d'erreurs. La viola-

tion d'un seul principe a été, dans l'origine, la cause de tous nos maux : il faut, pour développer cette vérité, remonter au berceau de notre première révolution. On se souviendra que Louis XVI, sacrifiant ses intérêts à ceux des Français, convoqua les états-généraux, et à cette époque seulement le peuple fit connaître librement son vœu. Consultons les cahiers des bailliages, et qu'y verrons-nous ? la condition expresse et formelle que la France restera monarchie héréditaire dans la famille régnante. Voilà bien le texte du mandat donné aux représentans ; voilà bien la volonté librement exprimée de tous les Français. Du moment qu'on a violé, non cette condition, mais cet ordre impératif, rien ne s'est plus fait de légal en France, et tout ce qui s'y est fait a été l'ouvrage de la violence, du parjure et de l'intrigue, et l'espace qui sépare le règne de Louis XVI du règne de Louis XVIII n'est qu'un long interrègne, pendant le temps duquel la volonté du peuple a été méconnue. Alors la France, loin d'être un Etat gouverné par ses lois, n'a plus été qu'un pays livré aux factieux, qui s'en sont partagé les dépouilles. Aussi voyons-nous les assemblées qui ont succédé à l'assemblée constituante, marcher à grands pas vers le désordre et l'anarchie. Mais celle dite conventionnelle a mis le comble à nos maux, en se chargeant d'un parricide dont toute la honte retombe sur elle et non sur l'immense majorité d'une nation qui, elle-même, était vouée aux poignards des assassins. Pendant toute la durée d'une république agitée, on a essayé de mettre en pratique des théories extravagantes ; une faute très-grave a été celle de laisser prendre du pouvoir à la classe la plus abjecte, la plus ignorante, et par conséquent la plus dangereuse, parce que ses mœurs se ressentent de la grossièreté de son éducation et de ses travaux. Ce n'est point par mépris pour des hommes utiles, lorsqu'ils ne s'occupent que de leur profession, que je fais cette remarque, mais c'est parce qu'il ne faut point aller chercher des *Solon*, des *Lycurgue* dans les ateliers du peuple : dès l'instant que ces gens là ont eu le droit de s'assembler et de délibérer, tout a été perdu. Nos derniers événemens ont confirmé cette vérité.

Durant cette longue période de crimes, quelques gens sages ont voulu élever la voix en faveur du retour à la raison ; mais déjà la corruption avait fait de trop grands progrès ; ces voix ont été étouffées par le bruit des haches révolutionnaires : l'exil ou la mort a été le prix du courage. Il était réservé à notre nation de subir tous les genres de tyrannie : glacée de terreur sous l'empire du comité de salut public, ballottée, humiliée par cinq despotes qui ne s'entendaient point même entre eux ; fatiguée de tant d'excès, la nation était disposée à se jeter dans les bras du premier qui lui aurait offert le repos. Un homme qui s'élevait à l'ombre de ses lauriers, lauriers, il est vrai, teints de sang en Italie, reparaît, après avoir abandonné son armée sur les rives du Nil, où il avait vu sa gloire flétrie ; cet homme, dis-je, se montre tout à coup aux Parisiens étonnés. On ne se souvient plus que naguères, dans cette même ville, il avait poursuivi à coups de canon des gens qui voulaient soutenir leurs droits et résister à la tyrannie. On s'assemble autour de lui ; l'espoir renaît, parce qu'on lui suppose des intentions généreuses ; il n'a dû les témoignages flatteurs qu'il reçut à son arrivée, qu'à cette persuasion. Cette noble erreur des Parisiens a été d'un grand secours pour les projets de l'ambitieux le plus hardi, et qui jusqu'alors avait caché son ambition sous une apparence de grandeur. Aussi, lorsqu'il joua le rôle de Cromwel au 18 brumaire, on applaudit à son succès ; lorsqu'on lui vit prendre le titre modeste de consul, on fut affermi dans la pensée qu'il ne faisait que préparer les voies au trône à une famille qu'on désirait vivement.

Son propre interêt et la reconnaissance lui en faisaient une loi : son intérêt, parce que lui et ses parens auraient été comblés de richesses et d'honneurs ; sa reconnaissance, parce qu'il n'aurait jamais dû oublier qu'il tenait son éducation, son existence des Bourbons : on lui faisait l'honneur dans ce temps de lui supposer une ame, ou au moins de la prudence ; il nous a bien prouvé depuis qu'il était privé de ces deux facultés. Les Français n'ont été convaincus de ses véritables projets, que lorsque sa main criminelle s'est portée sur un membre de la famille royale ; alors le voile est tombé, le héros a fait place au tyran. Depuis cette fatale époque, son ambition s'est développée, et c'est tout dégouttant du sang de sa victime, que ce hardi coupable a fait ceindre son front du bandeau des rois. La seule expérience qu'il parut avoir des événemens, c'est qu'il était convaincu qu'il ne pouvait régner paisiblement, et calculant les forces physiques de ses Etats, et le caractère éminemment guerrier de la nation, il forma le projet de soumettre l'Europe à son sceptre, et comme il le disait lui-même, *d'être un jour le plus ancien monarque de cette même Europe.*

Ce plan gigantesque, conception de la plus haute folie, a reçu cependant une partie de son exécution. Ce qui paraît merveilleux n'est pourtant que le résultat d'une marche très-simple. Buonaparte savait que les rois étant la source des graces et des bienfaits, sont malheureusement entourés de gens cupides et bas, intéressés à répandre l'erreur et à empêcher la vérité de parvenir au trône ; il a tiré parti de cette circonstance. Moitié par la force de ses armes, moitié par corruption, il a effrayé, séduit presque tous les cabinets, et les millions qu'il imposait à une nation servaient à en corrompre une autre. Il a fallu quinze années d'une tyrannie sans exemple pour forcer les souverains à prendre le seul moyen qui restait à l'Europe pour se garantir du joug de ce hardi factieux.

Cependant, ces quinze années de désastres, de carnage, d'humiliations n'ont pas été perdues pour l'avenir ; les rois ont appris à l'école de l'expérience à se préserver de malheurs nouveaux, et à profiter des avantages qui devaient résulter d'une association noble et franche entre eux. Du moment qu'ils ont dit : Défendons par nous-mêmes nos intérêts respectifs, la corruption a cessé, et la verge du despotisme a été brisée.

L'établissement du Congrès est la plus belle conception de l'esprit humain. Peu de personnes peut-être ont su apprécier toute l'importance de cette assemblée de rois, de ces rois disposés à mettre un terme aux calamités qui affligeaient le genre humain pour des prétentions souvent injustes , et pour lesquelles le sang des peuples coulait. Les souverains viennent de mettre en pratique cette sublime théorie de la paix perpétuelle proposée par le bon abbé de Saint-Pierre , théorie que Voltaire appelait , avec sa dérision ordinaire , *le rêve d'un homme de bien.* Lorsque Voltaire hasardait ceci , il ne pouvait croire que les souverains se réuniraient un jour avec la seule intention de travailler au bien-être général , et qu'ils renonceraient franchement à tous ces détours d'une politique astucieuse qui couvrait toujours quelques intentions secrettes. Le premier acte de justice de ce tribunal auguste a été de faire descendre du trône de Naples un souverain imposé par le crime ; le second , de détruire toute tyrannie en la personne de Napoléon Buonaparte. Quel triomphe pour la raison ! quel triomphe pour la justice ! et quel est l'ambitieux qui oserait aujourd'hui élever des prétentions coupables ?.... Désormais la paix de l'Europe reposera sur des bases solides , et les peuples jouiront enfin d'une tranquillité qui jusque-là n'avait été qu'éphémère. Les folies de Buonaparte auront donc produit un très-grand bien ; et si nos générations ont été épuisées , au moins celles à venir croîtront avec

sécurité. Qu'on ne se hâte pas de lui en rappor-
ter le mérite, car il ne pouvait prévoir une telle
issue, et son plan n'éait point de donner la paix
à l'Europe, et d'arrêter le cours de ses dévas-
tations régulières.

Nous n'avons point le projet d'entrer dans
tous les détails de dix années d'un règne fondé
sur la force et la tyrannie; nous ne pourrions
que répéter ce que tant d'autres ont dit. Notre
intention est de rechercher les causes de la nouvelle révolution, et de prouver aux plus incré-
dules que Buonaparte n'avait aucune chance en
sa faveur, quoique appuyé par un parti très-fort.
Nous rechercherons aussi de quoi se compo-
saient les élémens de ce parti, et nous espérons
prouver que les véritables Français n'y étaient
pour rien. Nous avons besoin de convaincre le
meilleur des Rois que tous ses sujets n'ont pas
été parjures! Dans cette occasion, l'honneur de
la nation entière est compromis par les actes
d'un ramas de gens incorrigibles, et pour qui le
crime est un besoin. Séparons au moins notre
cause de celle des traîtres, pour avoir droit encore à l'estime des autres peuples.

Situation de Buonaparte au 4 avril 1814.

Général, consul, empereur, cet homme s'est
soutenu pendant quinze ans par la force des

armes , et à la faveur d'un délire qu'il avait excité , délire entretenu par une éducation nouvelle qui avait renversé toutes les idées d'ordre et de justice , et dont les effets se feront encore sentir long-temps après la chute du créateur de ce systême. Buonaparte croyoit par tous ces moyens avoir assuré ses triomphes , et il avait oublié que le sort de tous les conquérans est de voir un jour leurs lauriers flétris , et l'humiliation succéder à la gloire. De fausses mesures , de folles entreprises ravissent en une année le fruit de dix ans de conquêtes , et ce sort fut celui qu'il éprouva , lorsque les rois se chargèrent eux-mêmes de venger leur honneur outragé.

L'abdication de ce monarque éphémère au mois d'avril 1814 vint rendre le repos à la France. Quel aurait été le sort de Buonaparte à cette époque , si un mariage , trop auguste pour cet aventurier , n'avait préservé sa tête de la juste vengeance des alliés ? Ce fut donc en faveur de cette alliance qu'on ne voulut point proscrire le mari d'une archiduchesse. On lui donna même un titre et une retraite agréable , se fiant trop légèrement à la foi d'un homme dont tout le talent était de ne point avoir de foi.

L'esprit de vertige qui l'avait toujours conduit ne l'abandonna pas dans son île. Tout autre aurait rendu grace à son destin d'avoir trouvé le calme après tant de tempêtes. Mais Buonaparte pouvait-il jouir de ce calme? l'ombre de d'Enghien n'était-elle pas sans cesse présente à ses yeux? le sang de ce héros ne demandait-il pas vengeance, et son assassin pouvait-il s'endormir dans le repos? Non, il fallait que de nouveaux crimes réclamassent la punition du plus horrible de tous! Poussé par les tourmens de sa conscience, Buonaparte crut encore qu'aidé de ses amis, il recommencerait une nouvelle ère de forfaits. Il savait que par ses soins l'esprit public en France avait été corrompu dans plusieurs classes; il savait qu'il avait associé à ses crimes un certain nombre d'hommes qui, ne se pardonnant point à eux-mêmes, ne pouvaient croire au pardon accordé de bonne foi par le Roi. Il espérait bien qu'en réunissant tous ces élémens pour en former une masse, il parviendrait à se faire appuyer dans la nouvelle usurpation qu'il méditait. Des membres de sa famille étaient les intermédiaires qui négociaient presque ouvertement et qui correspondaient avec lui. Malgré le grand nombre de ses partisans, le projet n'aurait jamais réussi, si l'on n'était venu à bout de corrompre l'armée. Depuis vingt ans, le soldat, exalté par la trompeuse idée d'une gloire fondée sur l'injustice, était parvenu à un tel excès d'orgueil, qu'il regardait

avec mépris les autres peuples de l'Europe ; il
ne fallut qu'un mot pour exciter le fanatisme
dans ces têtes désorganisées , dans les esclaves
des volontés d'un maître absolu qui souvent les
menait rudement , mais aussi leur permettait
tous les excès qui ont désolé l'Europe. Des chefs,
plus coupables encore , avaient , par une lâche
dissimulation , trompé la franchise du monarque
qui n'eut d'autre tort que celui de croire à la leur.

Depuis six mois des agens répandus dans la
campagne semaient la défiance , les craintes ; et
quoique le Roi eût confirmé solennellement la
vente des biens nationaux , on donnait à entendre que le projet était d'y revenir. Des fonction-
naires publics , qui n'étaient autres que ceux de
Buonaparte , et que par bonté on n'avait pas des-
titués , accréditaient ces bruits ; des employés
dans les administrations agissaient en sens in-
verse du gouvernement qui leur avait assuré ,
non seulement leurs places, mais encore le paie-
ment de ce que leur devait Buonaparte.

Les acquéreurs de biens nationaux , tourmen-
tés par des craintes qui ne les justifient pas dans
l'opinion , ne réfléchissaient pas qu'ils étaient
plus en sûreté avec la parole du Roi , qu'avec
celle de Buonaparte. Ils ne réfléchissaient pas
qu'un gouvernement régulier devait éviter par
de grands sacrifices les secousses politiques ;

que le mal étant fait, il fallait le laisser subsister, ou se résoudre à jeter le trouble dans les
familles, car ces biens en partie avaient déjà
passé par droit de succession en des mains qui
n'étaient pas coupables.

Un autre moyen employé avec succès par les
agens de cet homme qui avait organisé le mensonge, était de répandre le bruit du rétablisse-
ment des dîmes, afin de corrompre les habitans
des campagnes qui, pour la plupart, donne-
raient trente enfans pour conserver un écu. On
a profité de leur simplicité, de leur ignorance,
tranchons le mot, de leur mauvaise foi, pour
exaspérer cette classe et en faire autant d'enne-
mis au Roi. J'ai vu de ces fanatiques répéter sot-
tement les griefs imputés au plus indulgent des
souverains, et ne pas vouloir se laisser convaincre par le langage de la raison. Cette corruption
affligeante, à qui est-elle due ? à un seul homme.

Ce n'est point pour ceux qui ont la conscience
bourrelée d'un grand crime que j'écris, je conçois que ceux-là auront toujours une vie agitée,
et que leur propre bourreau est dans leur cœur.
Mais je m'adresse à vous, hommes égarés, et
qui jusqu'ici avez méconnu la voix de la vérité.
Il s'agit du repos de la grande famille, il s'agit
de confondre tous les intérêts dans l'intérêt général ; refuseriez-vous de travailler à la con-

corde publique ? Ne considérez même que votre intérêt, pouvez-vous vivre sans travaux, sans commerce, sans relations ? Calculez les dommages causés par un règne de trois mois, et dites si ce terme pouvait se prolonger beaucoup au-delà sans entraîner la ruine de toutes les fortunes ?

Je ne fais point de suppositions, c'est l'exacte vérité que je mets sous vos yeux : il a fallu que quatre millions d'hommes périssent pour que Buonaparte règne dix ans. D'après ce calcul, accordez-lui un règne de trente ans, et faites un nouveau calcul, si vous l'osez ! Qu'on ne me dise point que la paix serait venue arrêter ce carnage ; il n'était plus en son pouvoir de l'obtenir ; l'Europe avait été trop insultée par lui pour souscrire de nouveaux traités, et si vous n'aviez aujourd'hui, pour arrêter sa juste vengeance, les vertus de Louis XVIII, voyez le sort qui vous serait réservé ? Auriez-vous le droit de vous plaindre ? Non, vous apprendriez à vos dépends qu'on n'outrage pas impunément l'honneur des nations, et c'est alors que vous verriez la profondeur de l'abîme que vous mêmes avez creusé.

Eh bien, cette famille des Bourbons que vous avez tant insultée ; cette famille, pour qui pardonner est un besoin, vient encore se mettre entre des vainqueurs irrités et un peuple qui a provoqué les plus terribles représailles. Elle vient protéger ce peuple, elle vient le couvrir de son égide, le garantir d'une ruine totale. Si ce noble dévouement n'émeut pas vos cœurs, s'il ne vous fait abjurer de bonne foi vos erreurs, vous n'êtes plus Français, vous n'êtes que des rebelles soumis au châtiment de la Divinité qui punit le parjure.

Si nous étions une nation isolée, si nos mœurs n'influaient point sur celles des autres peuples, nous pourrions nous livrer aux rêveries les plus extravagantes sans danger, parce qu'elles n'intéresseraient que nous, Mais placés au centre de l'Europe, entourés de nations civilisées que notre système a cherché à corrompre, n'est-il pas du plus grand intérêt, pour la tranquillité de tous, que nous revenions aux institutions qui ont fait notre gloire pendant tant de siècles, et parce que nous avons eu pendant vingt-cinq ans le délire, faut-il que nous renoncions pour toujours à la raison ?

Dix années d'un règne fécond en événemens; l'Europe ébranlée par des conquêtes imprudentes; des trônes détruits et réédifiés en faveur de particuliers inconnus vingt ans auparavant; tout équilibre rompu, toutes relations d'amitié et de commerce anéanties; une égalité d'op-

pression

pression et de tyrannie, non seulement dans la France, mais encore dans les pays envahis. Voilà le tableau épouvantable qu'offrait l'Europe, et qui devait nous faire présager des maux proportionnés au mal que nous avions fait ; et que Buonaparte voulait encore augmenter par sa criminelle rentrée en France.

Lorsqu'il fut assuré de l'armée, et qu'il vit le moment favorable, il se décida à quitter son île, à la quitter avec une simple escorte de onze cents hommes, bien convaincu que ses logemens lui étaient assurés et qu'il n'y avait aucun danger pour sa personne: on sait combien il est soigneux sur ce dernier point. Suivant sa louable coutume, il se fait précéder du mensonge ; et tout ce qu'il y a de plus impur et de plus criminel va au devant de lui. Il arrive aux portes de la capitale ; il pouvait y entrer à dix heures du matin, il n'y entre qu'à huit heures du soir. Cette circonstance, qui semble n'être rien, est pourtant un titre de gloire pour la ville de Paris. Buonaparte, très-désireux des honneurs, attendait toujours que les corps de l'État et la garde nationale allassent lui rendre des hommages qu'il croyait mériter. Eh bien ! les autorités et la garde nationale se sont assez respectées pour ne pas se couvrir d'une telle infamie, et son *impériale majesté* s'est vue dans la dure nécessité d'entrer quitamment, pour n'être pas obligée de rougir de l'escorte ignoble qui l'a accompagnée jusqu'à la demeure de ses maîtres. Un sentiment intérieur plus fort que sa politique repoussait Buonaparte de cette demeure sacrée, qui avait été sanctifiée par un Roi légitime; il ne put résister à un effroi involontaire, il courut cacher sa fausse grandeur au château de Saint-Cloud.

Grace à la trahison, trahison qui n'a point d'exemple dans les annales des peuples, voilà donc encore une fois Buonaparte l'épée à la main ! Que va-t-il faire ? Des proclamations, des mensonges, des bassesses même près des souverains alliés pour chercher à les tromper, pour leur faire croire que le vœu de la France l'a rappelé, tandis qu'il ne l'était que par ceux qui, loin d'être Français, couvrent ce nom d'opprobre, et nous exposent à être la risée de l'Europe, si l'Europe ne savait pas que, dans une immense population, la multitude agit toujours contre ses véritables intérêts et contre la raison.

Tout ce qui est extrême, tout ce qui est opposé au bon sens, à la justice, est l'opinion du peuple, pris dans l'acception de *plebs*. Aussi ce n'est point cette opinion qui forme l'esprit public; et s'il fallait juger une nation par les écarts de la multitude, on courrait le risque de la fort mal juger. La plus grande faute de notre révolution à été de briser le frein salutaire qui retenait dans le devoir des hommes peu faits pour se gouverner eux-mêmes, à plus forte raison pour gouverner les autres. Il faut respecter leurs droits, tout en les comprimant par une police sévère.

Par qui donc se forme l'opinon publique? Par le petit nombre d'hommes instruits, par ceux qui ont médité sur le droit des nations, par les gens de lettres, non ceux qui vendent leur plume à tous les partis, mais par ceux qui respectent la vérité, et dont la courageuse franchise brave les actes du despotisme. Par qui une nation se fait-elle respecter des autres nations? Est-ce par le nombre de ses habitans? Non : c'est par les lumières sorties du cabinet des savans. Pourquoi le siècle de Louis XIV sera-t-il toujours un siècle de gloire? Il l'est moins par l'éclat de sa gloire militaire, que par celui des arts et des sciences. Vous donc qui rapportez tout au peuple, que vous faites *souverain*, voyez quelle est votre erreur : erreur, si vous êtes de bonne foi; malveillance, si c'est par intérêt.

Situation de Buonaparte au 1.er juin 1815.

Voilà donc Buonaparte établi de nouveau sur un trône qu'il avait abdiqué; le voilà remonté sur ce trône , sans lois, sans autre pouvoir que celui d'une dictature , capable d'effrayer ceux qui ont appris à le connaître. Désespérant de fléchir les puissances, et d'en entraîner une seule dans son parti , voyant l'orage se former partout contre lui , que fera-t-il ? une constitution. Cependant il n'est pas sans inquiétude : pour rentrer en France , il a été obligé de faire des concessions à un parti qu'il avait lui-même comprimé , à ces *vertueux* agens du régime de 1793 : dans un naufrage on s'attache où l'on peut. Pendant quelques jours , il parut docile à ce parti , et déjà le front auguste du magnifique empereur avait été décoré de l'*illustre* bonnet rouge. Le grand homme n'allait plus être qu'en seconde ligne , et réduit à prendre les ordres , comme général, de ceux qui se proposent de faire triompher la cause de la liberté, de l'égalité (on connaît toute la valeur de ces mots). On se hâte donc de faire une constitution selon ces principes. Tout allait fort bien ; la canaille jouissait par avance dans Paris d'un bonheur anticipé , en insultant les gens paisibles et forçant les négocians à surveiller leurs magasins. Mais quel revers ! le crocodile qu'on croyait endormi se réveille, de ses yeux partent des éclairs qui terrorifient ceux qui voulaient prolonger son sommeil : une constitution *impériale* paraît, ou plutôt une addition à toutes celles que notre délire avait enfantées avant 1814. Il fallut bien en passer par là, le chef suprême le veut. Mais cette constitution, il faut paraître la faire accepter. Se reportant aux institutions premières de notre monarchie, voilà les *Francs* appelés de nouveau au champ de *Mai* dans le Champ de Mars.

Jusque-là ce n'est que ridicule, mais voilà ce qui est important ; voilà ce qui nous honorera toujours dans la postérité. Nous avons fait assez de fautes pour tirer avantage au moins du seul moment où nous avons soutenu un caractère de loyauté. Cette constitution est soumise à l'acceptation ; des registres sont ouverts dans toutes les administrations, chez tous les notaires ; les employés, les agens de toute espèce sont forcés de signer. Eh bien, qu'ont produit tous ces moyens ? 20,000 votes pour Paris, où il y aurait dû en avoir 150,000. Encore dans ces votes il faut compter ceux des ateliers d'armes et des filatures de coton, où l'on a fait signer, sous l'inspection des commissaires de police, jusqu'à des enfans. Ce fait est trop connu pour être révoqué en doute, et tout Paris a été témoin de la promenade civique de ces nouveaux *constituans*, à qui on avait distribué du vin et de l'eau-de-vie. Qu'on ose me démentir ? Je ne suis qu'historien, et je jure que je ne charge point le tableau, et que je suis encore au dessous de la réalité. Il importe à l'honneur de la France, à l'honneur de Paris en particulier, de dévoiler toutes ces manœuvres. Oserions-nous prétendre à l'estime de l'Europe, si nous ne lui prouvions que nous étions entièrement opposés à tout ce qui s'est fait pendant ces trois mois de perfidie ?

Voilà donc cette constitution proclamée au Champ de Mars, en présence des soi - disant électeurs et des fédérés des départemens ! voilà encore de nouveaux sermens, et le chef, par qui cette constitution a été faite, jure, même sur l'Evangile, de la faire exécuter. Malgré l'appareil de cette fête, qui nous rappelait celle à l'Etre suprême offerte dans le même lieu par Robespierre vingt-deux ans plus tôt et qui a précédé sa chute, le grand homme de Leipsick et de Moskow n'eut pas lieu d'être très-satisfait de l'enthousiasme public, et je crois que s'il avait voulu nous avouer la vérité, il nous aurait dit : *Que ne suis-je à mon île d'Elbe !* Le temps des illusions était déjà passé pour lui; il n'était pas sans s'être aperçu qu'il avait trompé les autres et qu'il était trompé. L'enthousiasme de la populace ne l'aveuglait pas assez pour lui cacher que ce n'était pas là le vœu général, et son œil, dès ce moment, avait mesuré la profondeur de l'abîme. Mais ne pouvant point revenir sur ses pas, il se confia encore une fois aux hasards de son génie tutélaire, qui depuis deux ans se plaisait à tromper ses espérances.

Ne voyant donc pour lui de ressource que dans les efforts de la multitude, il arma cette multitude, moins pour s'en faire des soldats, que pour jeter l'effroi dans le cœur de ceux dont il avait deviné les véritables sentimens. La lutte qui allait s'engager entre l'Europe et lui, n'était plus de la même nature de celles qu'il avait déjà soutenues. Aucune chance n'était en sa faveur, et quand les premières actions militaires auraient été à son avantage, elles auraient retardé sa chute, mais ne pouvaient pas l'en garantir : le plus ou le moins de temps, voilà ce qui échappait à la sagacité de l'observateur, mais le dénouement devait toujours être le même. Qu'on ne croie pas que nous soyons prophète après l'événement. Cette vérité était si bien démontrée, qu'il n'y a aucune espèce de mérite à l'avoir reconnue. Donc, tous les désastres causés par une défense inutile ont aggravé nos maux, sans pouvoir nous garantir d'une invasion résolue. Toutes les fortifications à l'extérieur de Paris n'ont servi qu'à faire dévaster les propriétés des particuliers, sans aucun espoir de succès pour le bien public. Cet homme, qui en 1802 avait traité l'Empereur d'Autriche de tyran de son peuple, pour avoir fait des dispositions de défense pour sa capitale, en 1815 veut exposer la sienne à une destruction totale et inévitable par l'immensité des forces qui l'attaquaient. Comment pouvait-on croire que des armées, qui avaient tourné des forteresses pour pénétrer dans le cœur de la France, ne tourneraient pas des positions pour entrer dans Paris par d'autres points que par ceux défendus par les retranchemens ? Comment pouvait-on ignorer qu'en cernant Paris à quatre lieues seulement, les alliés rendaient toute défense inutile, et que, sans perdre un seul homme, ils nous auraient forcé, par la famine, à leur ouvrir nos portes ?

Buonaparte n'ignorait aucune de ces circonstances. C'est donc dans la seule intention de nous ruiner, de nous faire le plus de mal possible, de se venger de ce que nous osions préférer nos souverains légitimes à un homme qui avait étendu son sceptre de fer sur nous pendant dix ans ; c'est dans cette seule intention, dis-je, qu'il a ordonné le ravage des propriétés, le massacre des habitans et la guerre civile : c'était des adieux dignes d'un tel souverain !

Buonaparte au 15 juin 1815.

Des masses énormes d'armées alliées se diri-
geaient contre nous ; mais plus ces masses étaient
fortes, plus leur organisation était difficile. Il y
avait de grandes distances à franchir, et Buonaparte pouvait calculer les probabilités. Il se
croyait assuré du dedans par les ministres qu'il
avait nommés, et, par l'appel qu'il avait fait à
tous ceux qui, n'ayant point de propriétés,
sont toujours tentés de ravager celles des autres. Pour ne point effrayer, il n'avait point
voulu faire de nouvelle conscription, mais il
avait annullé tous les congés, et fait rejoindre
tous ceux qui avaient servi. Ce moyen lui avait
donné beaucoup plus de forces que deux cons-
criptions qu'il aurait faites : il pouvait donc prévoir qu'il attaquerait avec avantage, sur-tout
dans un moment où il savait que les alliés n'é-
taient pas prêts. Il était si sûr du succès, que,
se livrant à sa jactance ordinaire, il fit publier
dans les journaux qu'il avait vingt jours d'avance
sur les Russes. Il part ; il arrive le 14, le 15 il
livre bataille, et le 19 il était en route vers......
Paris, et pour la cinquième fois il sauva, non
son honneur, mais sa personne. Arrivé dans la
capitale, on le félicite sur sa bonne santé, et
l'on ne désespère plus de la patrie, puisqu'il

s'est *sauvé*. Cependant pour cette fois , moins rassuré sur l'avenir , il sonde la plaie , et il désespère de rester sur un trône qui croule de toutes parts. Il fit enfin le sacrifice de quitter une place où il ne pouvait plus rester. Mais dans l'effusion de sa bonté pour nous , il nous lègue un enfant qu'on ne veut pas nous donner. Il descend du trône de ses maîtres en regrettant de n'avoir pu les assassiner tous , et les vouant à une proscription éternelle.

Cette abdication, forcée par les circonstances, redonna de l'espoir aux conventionnels , qui crurent le moment favorable pour rétablir leur chère république. Les premières tentatives furent infructueuses , et l'assemblée de nos *sages* fut troublée par l'agitation de plusieurs partis ; mais ils s'accordaient presque tous pour répandre le venin de la calomnie sur nos véritables souverains : l'aspect de la vertu fait pâlir les méchans , et il y avait beaucoup de méchans dans cette assemblée.

Si Buonaparte paraissait ne plus se mêler des opérations, son génie infernal lui avait survécu : il en voulait à la capitale , aux gens sensés qui l'avaient jugé depuis long-temps, et leur faire le plus de mal possible était tout son désir. L'honnête citadin voyait avec effroi des dispositions qui annonçaient que la capitale était vouée à la destruction ; car, comment résister aux forces de l'Europe entière ? Buonaparte a encore été trompé dans son attente, par le dévouement sublime de quelques membres du gouvernement, dont la conduite sage, prudente et adroite nous a préservés de tous les maux. Graces leur soient rendues ! qu'ils jouissent intérieurement de tout le bien qu'ils ont fait, et de la reconnaissance des véritables Français !

Depuis quinze ans que Buonaparte nous enchaîne, dites, hommes de bonne foi, de quel bonheur avez-vous joui? Si vous n'avez pas participé aux crimes du chef, dites dans quel état est votre fortune ? Ce système odieux et impolitique du blocus continental n'a-t'il pas détruit pour vous tout espoir de commerce ? Vos ateliers, vos fabriques, que sont-ils devenus? Vous allez me répondre : Le gouvernement faisait faire d'immenses travaux. Sans doute ; ayant tout entre ses mains, il fallait bien qu'il fît travailler. Mais que sont ces travaux, en comparaison d'un commerce libre et général? Ces travaux ne faisaient vivre que les classes d'un certain état, classes qu'il était de la prudence du gouvernement d'occuper : c'était plus pour sa sûreté personnelle que Napoléon faisait ces vastes entreprises, que par amour pour le bien public. Mais, pour payer ces travaux ; demandez aux propriétaires ce qu'il leur en a coûté ? Pour avoir la paix du moment dans l'intérieur, demandez à l'Europe le compte des millions qui lui ont été imposés par suite d'une tyrannie sans exemple ?

Réduisons donc tout à sa juste valeur ; éclairons-nous mutuellement de l'expérience ; ne voyons plus par le prisme de l'erreur un règne fécond en grands événemens , mais voyons le but que nous devions atteindre , et le résultat inévitable de tant de folies politiques.

Avez-vous pu croire qu'un peuple parviendrait toujours à enchaîner vingt peuples ? Le moins prévoyant de vous ne devait-il pas apercevoir un avenir sinistre ? Faisons une réflexion bien simple , et tirée des événemens mêmes : si cet homme, pour se soutenir pendant dix ans sur le trône , a eu besoin , non seulement des immenses revenus de la France , revenus qu'il augmentait à volonté, mais encore de deux milliards qu'il a pillés à l'Europe pour subvenir à ses dépenses , à ses prodigalités ; si malgré cette effroyable dissipation des richesses de l'Europe, il a encore laissé, au 1er. avril 1814, un déficit de 200 millions que le gouvernement des Bourbons avait garanti , que deviendra l'étalage pompeux du bien résulté de ces grands travaux, puisqu'aujourd'hui vous êtes obligés de les payer ? Je ne suppose rien , je ne fais que mettre sous vos yeux des faits authentiques, dont vous ne pouvez nier l'existence sans renoncer à la bonne foi.

Je vais vous proposer une autre hypothèse : Je suppose que les souverains aient cru à la sincérité de la déclaration de Buonaparte du mois de mars 1815, et qu'ils aient avec lui ratifié le traité de Paris ; qu'on l'ait laissé possesseur paisible de la France, qu'en serait-il résulté ? Cet homme , qui n'a pu régner dix ans qu'en dépouillant l'Europe , comment, avec les seuls revenus de l'ancienne France , pourrait-il payer d'abord : le déficit créé par lui ; ensuite ses dotations à l'armée , beaucoup trop fortes sans doute pour le territoire, et payer les pensions civiles et militaires qu'il augmentait chaque jour ? Les soldats se plaignaient d'avoir été réduits à la demi-solde sous le Roi , leur empereur aurait-il pu faire davantage pour eux ? pouvait-il les payer sur le taux de guerre en temps de paix ? Ignoraient-ils que , sans s'embarrasser des pensions que cela entraînait , il distribuait ses décorations de la légion par boisseaux ? Il fallait donc avoir perdu le sens commun, pour croire qu'un gouvernement , organisé par la folie, conduit par l'imprévoyance , pouvait aller au-

delà du terme de ses conquêtes, puisque c'était
le seul soutien de ce gouvernement. Si ceux qui
le regrettent faisaient cette seule réflexion, s'ils
la faisaient de bonne foi, ils seraient bientôt
détrompés, ou il faudrait leur supposer des intentions criminelles. Les acquéreurs de biens
nationaux, qui croyaient à une garantie plus
assurée avec Buonaparte qu'avec Louis XVIII,
étaient cruellement dans l'erreur. Leur chef
était-il habitué à respecter ses actes mêmes? et
lorsqu'il se serait vu pressé de toutes parts pour
faire face à des engagemens beaucoup au dessus
de ses moyens, que croyez-vous qu'il aurait sa-
crifié, ou des intérêts de son armée dont il aurait toujours eu besoin, ou des intérêts d'indi-
vidus qui lui offraient une proie à dévorer? Il
faut donc un gouvernement aussi sage, aussi
prudent que celui des Bourbons, pour éviter
des secousses que Buonaparte n'aurait pas craint
de braver pour satisfaire les prétentions de son
armée. Par ce simple exposé des faits, il est, je
pense, bien démontré que Buonaparte, n'étant
plus conquérant, ne pouvait plus être roi, que
la force des circonstances détruisait son empire,
et que toute illusion avait cessé pour lui.

Je crois n'avoir mis, dans le développement
des causes qui nous ont amené les désastres de
trois mois d'un règne affreux, aucune supposi-

tion. J'ai cherché franchement à éclairer mes compatriotes sur nos intérêts communs ; j'ai suivi Buonaparte dans sa marche , et je n'ai avancé que des faits positifs. Le gouvernement qui se rétablit aujourd'hui n'a besoin ni de mensonges pour se soutenir, ni de parti soudoyé pour faire croire à sa légitimité ; le principe qui l'a consacré , il y a quatorze cents ans , est encore dans toute sa force , et croire qu'en vingt-cinq années on pouvait détruire un édifice aussi solide, a été une des plus fortes erreurs de l'esprit humain. Je le répète , c'est la faute de l'éducation d'une génération nouvelle , éducation dans laquelle on a subverti tous les principes de droit public, où les erreurs de la mauvaise foi et de l'ignorance ont été substituées aux vérités éternelles d'ordre social. Cet aveuglement ne pouvait être que passager , et malgré le soin extrême qu'on a pris tant en morale qu'en politique, pour nier ce qui est de toute évidence , la vérité devait triompher et l'ordre naturel se rétablir. Mais si l'apparition en Europe d'un homme extraordinaire a dû frapper non seulement la multitude, mais encore des hommes qui auraient dû être à l'abri des séductions par des talens reconnus , comment expliquerons-nous l'erreur encore plus forte en faveur d'un gouvernement sans pouvoir , sans

titre , qui a succédé à celui de Buonaparte après
son abdication dernière ? Cette espèce de phé-
nomène mérite bien qu'on s'en occupe.

Quelles étaient les deux Chambres après l'abdication de Buonaparte ?

Je conçois que Buonaparte , rayonnant de
gloire, ayant un parti d'enthousiastes qui étaient
pour lui les trompettes de la Renommée, ait
pu éblouir la multitude et obtenir les suffrages
même de quelques talens plus superficiels que
profonds. Mais lorsque je vois des hommes
tarés, dont le nom seul annonce les malheurs,
des hommes qui veulent établir sur les ruines
d'un gouvernement oppressif un gouvernement
plus hideux encore , nous ramener aux lois san-
glantes de 1793 : oh, pour le coup, je me crois
autorisé à dire à mes concitoyens : Avec le mot
de liberté, on veut faire de vous des *ilotes* , et
cette bassesse est ce qui nous avilit le plus aux
yeux de l'Europe. Si Buonaparte n'était rien lui-
même , malgré la corruption employée pour
avoir des votes, votes qui ne se sont point éle-
vés à plus d'un douzième de ce qu'ils devaient
être, comment une représentation créée par lui
pouvait-elle être quelque chose ? Par les choix,
on a vu le travail du maître. Aux vétérans de la
démagogie, on a associé des hommes inconnus,
mais

mais qui n'ont point tardé à se faire connaître ; et qui ont rivalisé de zèle et d'ardeur avec les infatigables *législateurs* du comité de salut public. Les grands mots de liberté , d'indépendance nationale ont ébranlé les voûtes de l'arène politique ; et ces verbeux orateurs , lorsque leur patron leur **a** déclaré *qu'il renonçait aux vanités de ce monde , qu'il se retirait dans une terre hospitalière pour y méditer à loisir sur la chute des empires ,* ont cru être appelés à faire le bonheur des races futures. Peut-être aurait-on pu leur savoir gré de l'intention , si euxmêmes n'avaient point déclaré qu'ils n'en avaient pas de bonne. Ils ne nous ont pas laissé longtemps dans l'incertitude : après avoir proclamé, rejeté et proclamé de nouveau Napoléon II, ils ont pris le parti de faire une constitution, où le nom du monarque était en blanc. Dans un autre temps , on aurait pu rire des excès de ce délire, mais quand on a entendu de ces hommes provoquer les soldats , et les inviter à faire ce qu'ils appelaient *des vendées patriotiques ;* leur désigner le peuple français comme leur victime ; l'indignation fait place au sourire du mépris , **et** tout honnête homme doit demander vengeance de provocations aussi criminelles. Ces mêmes hommes ont aussi entretenu l'état de rebellion des basses classes du peuple contre les citoyens honnêtes. Voilà ce qu'a produit un gouvernement établi par la force et le parjure, un gouvernement illégal et tyrannique !

Comment a-t-on pu croire que l'Europe en armes , et dans un moment où elle proclame le principe de la légitimité , laisserait se former au milieu d'elle ce gouvernement contre lequel elle était armée? un gouvernement qui prêchait l'anarchie aux autres peuples , et qui cherchait à les entraîner dans le désordre et l'insubordination ? Ne fallait-il pas avoir renoncé à sa raison, pour mettre en doute les résultats des efforts qu'on faisait ?

Réfléchissez donc , mes chers concitoyens , réfléchissez que sans la justice , la raison et la légitimité, il ne peut y avoir d'état durable. Refléchissez que vous avez besoin du repos ainsi que nous, pour votre intérêt , pour votre commerce et pour la conservation de vos enfans. Vous avez vu ce règne de trois mois ; vous avez vu votre pays encore une fois la proie des factieux ; vous avez vu les ressources de plusieurs années dévorées en cent jours ; vous avez vu vos armées disparaître en une campagne de quatre jours , et si une telle leçon était perdue pour vous , si vous ne reveniez pas de bonne foi à l'équité , vous ne seriez plus égarés ; vous seriez coupables. Notre Roi nous est rendu , c'est le moment d'éteindre toutes les haines. Faisons disparaître pour toujours ces dénominations anarchiques qui allaient enfanter la guerre civile. Pensons toujours que nous faisons partie d'un même peuple, d'une immense famille, et que la division entre nous est le plus grand des fléaux. Que nous demande-t-on? de rentrer paisiblement sous le gouvernement de nos pères, sous un gouvernement qui avait porté la France au plus haut point de grandeur. Avions-nous besoin des conquêtes de Buonaparte pour fonder notre gloire militaire ? Les soldats de Henri IV et ceux de Louis XIV avaient-ils moins de bravoure que les soldats de Buonaparte, et méprisaient-ils la bravoure des autres peuples ? Cette modération tenait à nos institutions, à la sagesse des chefs, qu'un fol orgueil n'enivrait pas, et qui savaient respecter l'honneur des vaincus, parce qu'ils connaissaient l'instabilité de la victoire. C'est encore le principe qui guide l'Europe : une nation qui insulte les autres, et qui fait usage du mensonge, s'avilit.

Comme mon intention est de chercher à persuader ceux qui de bonne foi recherchent la vérité, je vais répondre aux objections que j'entends faire chaque jour. Au commencement de la révolution, on accusait notre nation de vivre sans lois et sans constitution écrite. On n'avait point, il est vrai, de charte ; nos états-généraux, qui s'étaient assemblés à diverses époques, ne prenaient connaissance que de l'état du royaume, et ne s'occupaient que d'en régler les finances ; l'idée n'était point encore venue d'en faire un corps constituant. Mais si vous n'aviez point de charte proprement dite, vous aviez des lois écrites. Vous aviez emprunté aux Romains une législation qu'ils avaient eux-mêmes empruntée des Grecs pour en former la loi des douze Tables. Pour ce qui vous était particulier, vous aviez les Ordonnances de Louis XIV, ouvrage admiré de toute l'Europe. Mais enfin il vous fallait une constitution appropriée à vos mœurs nouvelles, à votre caractère, et vous avez eu celle de 1791. Malgré ses nombreuses défectuosités, elle était l'ouvrage d'hommes habiles, et le temps aurait perfectionné ce code, qui se ressentait de l'animosité des partis. Parlerai-je après de ce ramas informe de lois faites par des gens sans pouvoir légitime, et tracées par des plumes trempées dans le sang !..... les effets qu'elles ont produits sont trop douloureux à notre pensée pour nous en occuper.

J'entends aussi répéter avec une sorte d'inquiétude : Si nous reprenons notre ancien gouvernement, quel fruit retirerons-nous donc de

25 ans de révolution et de tant de sang versé?
Quel fruit ! un gouvernement où les droits des
peuples et ceux des souverains seront respectés ;
un gouvernement représentatif.

La monarchie française , dans son origine ,
fondée sur la féodalité , a dû naturellement être
plus favorable à une classe qu'à une autre. Les
seigneurs, abusant de leurs prérogatives, étaient
redoutables aux rois mêmes , et ce ne fut que
sous le ministère de Richelieu que les monar-
ques français reprirent leur autorité. Ces mo-
narques n'en abusèrent point , mais leurs succes-
seurs auraient pu ne pas être aussi modérés.
C'est donc un avantage inestimable d'avoir ré-
glé définitivement par une charte , et les droits
du monarque et les droits des sujets ; d'une monarchie absolue , vous faites une monarchie
constitutionnelle, résultat important acheté, il
est vrai, par vingt-cinq années de calamités sus-
citées par le délire de quelques hommes qui re-
doutaient l'instant où l'ordre se rétablirait en
France. Ce sont encore ces mêmes hommes qui
retardent le plus qu'ils peuvent le règne des
lois , parce qu'ils les redoutent. Ce sont ces
tyrans subalternes d'un tyran absolu qui regrettent de voir la verge de fer qu'ils étendaient sur
le peuple brisée dans leurs mains. Ce sont ces
esclaves du pouvoir , esclaves décorés du titre

de sénateurs, qui regrettent de n'avoir plus de bassesses à faire, parce que ces bassesses leur procuraient de l'or. Aviez-vous espérance d'une amélioration, tant qu'ils auraient rampé sur les marches d'un trône réédifié par la perfidie et soutenu par le parjure ?

Soyez de bonne foi; dites si un tel gouvernement pouvait subsister plus long-temps? A ce récit des malheurs que nous avons éprouvés, opposez l'espérance de l'avenir ; analysez le règne doux et paternel dont nous jouissions avant la rebellion du 20 mars, et prononcez.

Eh bien, ce gouvernement vous est rendu. Je le demande aux esprits les plus prévenus : quel est le véritable roi, de celui qui protége, qui calme toutes les haines, ou de celui qui les augmente ? A dieu ne plaise que je veuille établir un parallèle entre un roi légitime et un aventurier ! je ne veux répondre qu'à ceux qui croient encore que Buonaparté a eu quelques droits en France : dans cette supposition, voyons ce que sa présence a produit.

Buonaparte revient, tous les fléaux suivent ses pas ; le négociant effrayé retire ses capitaux; les ports se ferment à l'industrie ; les travaux cessent; la crainte et l'effroi glacent le cœur des véritables Français; un million d'hommes armés, et qui ont de grandes vengeances à exercer, inondent notre malheureux pays; les torches de la guerre civile s'allument ; les cris de mort se font entendre, et tout ce qui est vil ou coupable se rallie sous les drapeaux sanglans de l'oppresseur de l'Europe. Il abdique le pouvoir, mais ses agens n'abdiquent point la tyrannie; ils appellent à grands cris la guerre civile... Louis paraît ! tout change ; un concert de bénédictions se fait entendre. L'ame comprimée s'ouvre à la joie, à l'espérance ; les souverains jurent sur l'autel de l'amitié un nouveau pacte de famille; ils élèvent l'égide de leur puissance sur la tête d'un frère qu'ils respectent, d'un ami qu'ils embrassent. Un reste de courroux éclate, au souvenir d'une trahison sans exemple, Louis parle, et le courroux s'efface. Dites, vous témoins de ces événemens, si j'ai altéré les faits ? si j'ai cherché à grossir les torts de notre ennemi commun? J'ai voulu parler à votre raison; j'ai entrepris la tâche honorable de dissiper l'erreur qui s'oppose à une réconciliation générale. Si je n'ai pas réussi, j'aurai du moins le mérite de vous en avoir offert les moyens, et vous ne devez voir dans mon zèle que celui d'un véritable Français, pour qui le bonheur de sa patrie est tout; et peut-elle être heureuse si elle est divisée? Réunissons-nous donc sincérement au véritable père de famille , et prouvons - lui que nous sommes tous ses enfans ; nous ne pourrons le lui prouver, qu'en abjurant nos dissensions intestines, et en nous donnant le baiser de paix.

MOITHEY de Vouziers.